A Christofer

Armelle

© 2003, Editorial Corimbo por la edición en español
Ronda del General Mitre 95, 08022 Barcelona
e-mail: corimbo@corimbo.es
www.corimbo.es
Traducción al español: Julia Vinent
1ª edición, noviembre 2003
© 2002, l'école des loisirs, París
Título de la edición original: «Rien qu'une petite grippe!»
Impreso en Francia por Aubin, Poitiers
ISBN: 84-8470-123-9

Historia e ilustración de Armelle Modéré

Solamente un poco de gripe

Texto de Didier Dufresne

Corimbo

Esta noche Diego no ha dormido bien.

No sabe cómo ponerse…

Tiene mucho calor…

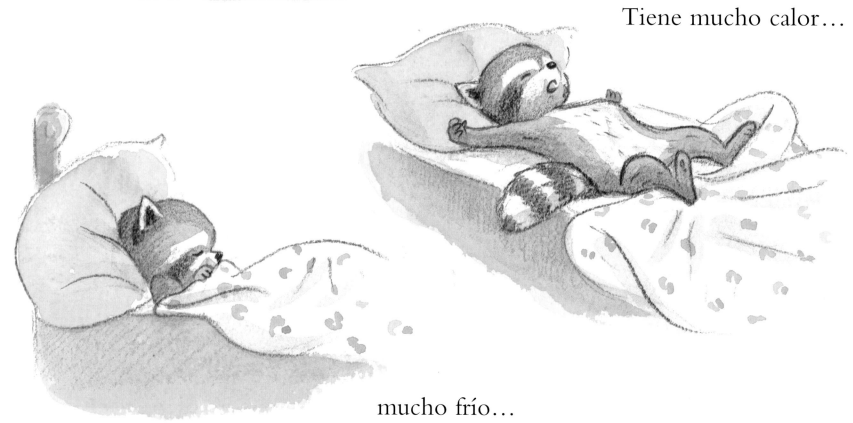

mucho frío…

Por la mañana, Diego está mareado y le da vueltas la cabeza.

Mamá le toca la frente. «Tienes la piel de gallina y te brillan los ojos. Estás enfermo, cariño.»

Mamá telefonea al doctor:
«¿Hola, doctor Martínez?»
Mientras tanto, Diego grita:
«¡Mamá, tengo ganas de vomitar!»
«¡Voy!»

Por fin llega el doctor. Se acerca a la cama y dice:
«Bueno, ¿Cómo está el enfermo?»
«Me duelen la barriga y la cabeza…», murmura Diego.
«Vamos a ver», dice el doctor Martínez.

Ausculta el corazón
de Diego mirando
al techo…

Examina su garganta
a través
de sus gruesas gafas…

Mira sus orejas
con una linternita…

Le da golpecitos en
la espalda con la punta
de los dedos…

Cuando termina, el doctor Martínez dice sonriendo:
«Es solamente un poco de gripe. En tres días estarás bien.»
«Adiós, doctor», murmura Diego.

Durante todo el día
Diego tiene náuseas.

No quiere
ni tan siquiera
comer un yogur.

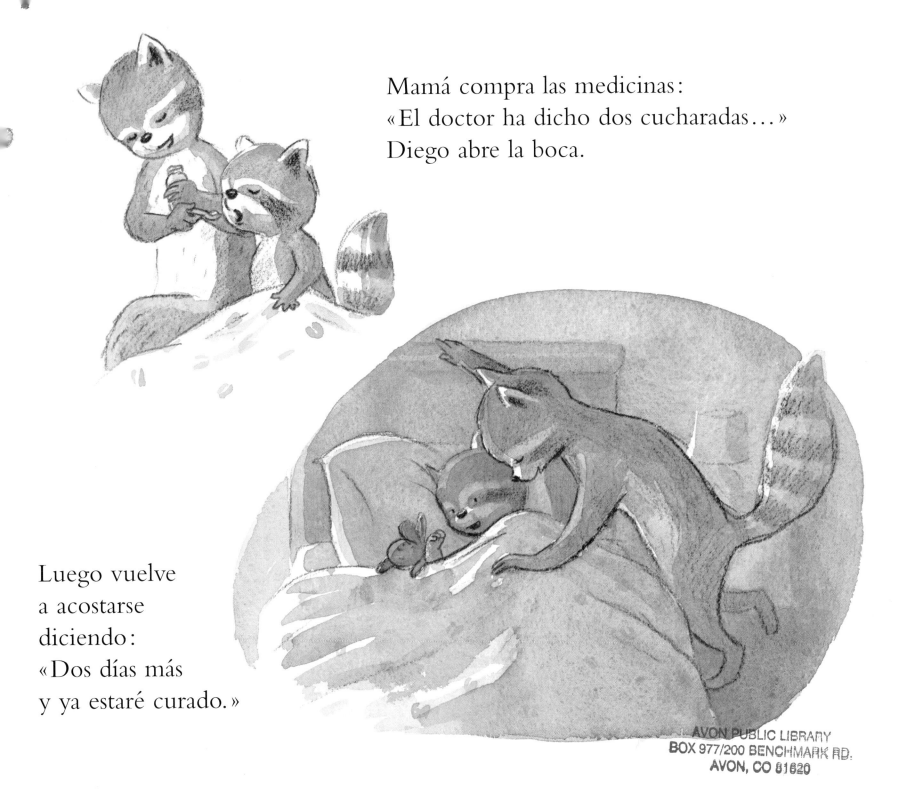

Mamá compra las medicinas:
«El doctor ha dicho dos cucharadas...»
Diego abre la boca.

Luego vuelve
a acostarse
diciendo:
«Dos días más
y ya estaré curado.»

Al despertar, Diego se encuentra
un poco mejor.
Come un poco de compota.

Papá se queda en casa para cuidarle.
«Es la primera vez que vemos un vídeo
juntos», dice Diego.

Después, juegan a las cartas.

«¡Me dejas ganar, eh!» dice Diego. «Estoy enfermo...»

«¡Ni hablar! ¡No vale hacer trampas!»

«Me duele la cabeza»,
suspira Diego.

«Tienes que dormir
una siesta», dice papá.
«Bueno, pero entonces
vienes conmigo.»
Papá no se hace
de rogar demasiado.

Por la noche Diego no tiene hambre.
Todavía le duele la cabeza.

«Me voy a la cama»,
dice. «¿Me cuentas
un cuento?»

«Pero antes has de
tomar la medicina.»
«¡Casi estoy curado!»,
protesta Diego.
«Haz un esfuerzo», dice papá.
«¡Abre la boca!»

«Buenas noches,
Diego.»
«Buenas noches,
papá. Un día más
y ya estaré curado.»

Por la mañana, Diego se encuentra mejor.

No tiene más ganas de continuar encerrado.

«¡Puedo ayudarte, mamá?»
«¡Vas a enfriarte! ¡Vuelve inmediatamente a casa!»

Diego cavila.
No tiene ganas de entrar
en casa.

«¡Cucu, papá! ¡Soy yo!»
«Pero, ¿qué haces aquí? ¡A la cama volando!»

Por la noche Diego no tiene más ganas de estar enfermo.
Al terminar su sopa, dice:
«Está a punto de terminar el tercer día. ¡Casi estoy curado!»
«Entonces a la cama, cariño», dice mamá.

«¡Yupi!»

«¡Estoy curado!»

«¡Se acabó la gripe!»

«Diego, las medicinas…», canturrea mamá.
«¡Pero si estoy curado!», protesta Diego.

«¡No, no, no!
El doctor ha dicho tres días…
¡Venga, adentro!»
«Buaf»

«Entonces,
¿mañana ya
estaré curado?»,
pregunta Diego.
«¡Completamente!»,
contesta mamá.
«Buenas noches.»

Por la mañana, suena el despertador.
«¡Cariño, es hora de levantarse!»
Diego se pone en pie sobre la cama.
«¡Estoy en plena forma!»
«Entonces date prisa,
no vayas a llegar tarde
al cole…»

¡El colegio!
Diego no
se acordaba.

«Mamá», suspira Diego, «creo que todavía estoy un poco enfermo...»